edition suhrkamp

Redaktion: Günther Busch

»Die annähernd fünfzig Gedichte der *Blindenschrift* lassen sich ertasten als die Darstellung eines Kampfes: Der Autor Enzensberger wird nicht müde, die unheilvolle Erstarrung, die zwanghafte Determination der spätindustriellen Welt zu unterstreichen. Der Lyriker Enzensberger aber versucht, diesem Beherrschungszusammenhang Freiheit abzutrotzen. Freiheit ohne Ausrufezeichen, ohne Pathos und Tremolo – einfach nur als notwendige Bedingung für das Entstehen lyrischer Gedichte.«

Joachim Kaiser

Die Werke von Hans Magnus Enzensberger im Suhrkamp Verlag: Politische Brosamen (1982); *Der Menschenfeind.* Nach dem Französischen des Molière (Insel 1979); *Der Untergang der Titanic.* Eine Komödie (1978); *Edward Lears kompletter Nonsens* (Insel 1977); *Mausoleum.* 37 Balladen aus der Geschichte des Fortschritts (1975); *Der Weg ins Freie.* Fünf Lebensläufe (1975); *Palaver.* Politische Überlegungen (1974); *Freisprüche.* Revolutionäre vor Gericht (1973); *Gespräche mit Marx und Engels* (Insel 1973); *Der kurze Sommer der Anarchie* (1972); *Das Verhör von Habana* (1972); *Gedichte 1955–1970* (1971); *Landessprache.* Gedichte (1969); *Deutschland, Deutschland unter anderm* (1967); *Politik und Verbrechen* (1964); *Gedichte.* Die Entstehung eines Gedichts (1963); *Einzelheiten.* Essays (1962); *Allerleirauh.* Viele schöne Kinderreime (1961); *Museum der modernen Poesie.* Gedichte aus sechzehn Sprachen (1960); *Verteidigung der Wölfe.* Gedichte (1957).

Hans Magnus Enzensberger
Blindenschrift

Suhrkamp Verlag

edition suhrkamp 217
Erste Auflage 1967

Der Text folgt unverändert der Ausgabe *blindenschrift*, 6.–11. Tausend 1965. Satz, in Linotype Garamond. Druck: Nomos Verlagsgesellschaft, Baden-Baden. Gesamtausstattung Willy Fleckhaus.

7 8 9 10 11 12 – 91 90 89 88 87 86

camera obscura

küchenzettel

an einem müßigen nachmittag, heute
seh ich in meinem haus
durch die offene küchentür
eine milchkanne   ein zwiebelbrett
einen katzenteller.
auf dem tisch liegt ein telegramm.
ich habe es nicht gelesen.

in einem museum zu amsterdam
sah ich auf einem alten bild
durch die offene küchentür
eine milchkanne   einen brotkorb
einen katzenteller.
auf dem tisch lag ein brief.
ich habe ihn nicht gelesen.

in einem sommerhaus an der moskwa
sah ich vor wenigen wochen
durch die offene küchentür
einen brotkorb   ein zwiebelbrett
einen katzenteller.
auf dem tisch lag die zeitung.
ich habe sie nicht gelesen.

durch die offene küchentür
seh ich vergossene milch
dreißigjährige kriege
tränen auf zwiebelbrettern
anti-raketen-raketen
brotkörbe
klassenkämpfe.

links unten ganz in der ecke
seh ich einen katzenteller.

auf einen steinernen tisch

i

auf der welt war dein tisch
mit seinen adern und augen
mit seinem marmorgedächtnis
nicht zu verwerfen und fest

auf dem tisch war deine hand
mit ihren adern und zeichen
mit ihrem marmorgedächtnis
undurchdringlich und fest

auf den alten büchern
auf den neuen zeitungen

ein glas frisches wasser

ii

ich las in deinem tisch
ich las in deiner hand
(glatt, undurchdringlich)

ich sah das blut in den zeitungen
ich sah das blut in deiner hand
ich sah das blut im gestein

ich las und las

fast alles was der fall war

auf deinem tisch war die welt

ein glas frisches wasser

abendnachrichten

massaker um eine handvoll reis,
höre ich, für jeden an jedem tag
eine handvoll reis: trommelfeuer
auf dünnen hütten, undeutlich
höre ich es, beim abendessen.

auf den glasierten ziegeln
höre ich reiskörner tanzen,
eine handvoll, beim abendessen,
reiskörner auf meinem dach:
den ersten märzregen, deutlich.

abgelegenes haus

für günter eich

wenn ich erwache
schweigt das haus.
nur die vögel lärmen.
ich sehe aus dem fenster
niemand. hier

führt keine straße vorbei.
es ist kein draht am himmel
und kein draht in der erde.
ruhig liegt das lebendige
unter dem beil.

ich setze das wasser auf.
ich schneide mein brot.
unruhig drücke ich
auf den roten knopf
des kleinen transistors.

»karibische krise . . . wäscht weißer
und weißer und weißer . . .
einsatzbereit . . . stufe drei . . .
that's the way i love you . . .
montanwerte kräftig erholt . . .«

ich nehme nicht das beil.
ich schlage das gerät nicht in stücke.
die stimme des schreckens
beruhigt mich, sie sagt:
wir sind noch am leben.

das haus schweigt.
ich weiß nicht, wie man fallen stellt
und eine axt macht aus flintstein,
wenn die letzte schneide
verrostet ist.

camera obscura

in meinen vier vorläufigen wänden
aus fichtenholz
vier mal fünf mal zweieinhalb meter
in meinem winzigen zimmer
bin ich allein

allein mit dem bratapfel, der dunkelheit,
der sechzig-watt-birne,
mit der bundeswehr, mit der eule
allein

mit dem briefbeschwerer aus blauem glas,
der kybernetik, dem tod,
mit der stuckrosette
allein

mit dem gottseibeiuns
und dem weiherweg in kaufbeuren
(reg. bez. schwaben)
mit meiner milz allein

mit meinem gevatter rabmüller,
vor zwanzig jahren vergast,
allein mit dem roten telefon,
und mit vielem, was ich mir merken will.

allein mit krethi und plethi,
bouvard und pécuchet,
kegel und kind,
pontius und pilatus.

in meinem unendlichen zimmer
vier mal fünf mal zweieinhalb meter
bin ich allein mit einem spiralnebel
von bildern

von bildern von bildern
von bildern von bildern von bildern
enzyklopädisch und leer
und unzweifelhaft

allein mit meinem vorläufigen gehirn
darin ich wiederfinde den bratapfel,
die dunkelheit, den gevatter rabmüller,
und vieles was ich vergessen will.

notizbuch

abgenutzt, kleine spuren im leder,
berieben nennen die buchhändler das,
alt, doch jünger als ich.

roberto moretti aus santiago:

nummern die nicht mehr antworten,
oder es meldet sich
eine chemische reinigung.

claudine avilain aus clermont-ferrand:

verschwundne minuten,
namen notiert in hotelbetten,
auf bahnsteigen oder kongressen.

olga diez aus gunzenhausen:

empfänger unbekannt verzogen,
amtszeichen, der anschluß
besteht nicht mehr.

war ich je in clermont-ferrand?
olga, roberto, claudine:
wer mag das gewesen sein?

liebe, brot, ein gespräch,
ein nachtlager, ein versprechen,
das niemand gehalten hat.

der zufall mit seinem gewisper,
mit seinen toten gesichtern,
seinen blinden namen.

so steht der meinige, leicht
berieben, älter als ich,
in anderen büchern:

wer mag das gewesen sein?
wer immer es war,
streicht ihn aus.

mund

hat sich geöffnet, nach luft gerungen,
hat etwas warmes gekannt,
ah gesagt überm kalten löffel.
was weiß ein mund.

lirum larum, so schmeckt der bleistift,
so schmeckt die eisblume,
so die stählerne zahnarztklammer,
so schmeckt im kasten der sand.

was weiß ein mund. kennt milch und blut,
brot und wein, zucker und salz,
hat unterschieden morsches von dürrem,
schleimiges von verbranntem.

hat sich gegen das übel gewehrt
mit lirum und larum,
hustensaft und oblaten.
hat sich getäuscht.

was weiß ein mund.
weiß nichts, sucht, will nicht,
verzehrt und verzehrt sich,
sucht und läßt sich versuchen.

sucht freundschaft mit noch einem mund,
sucht ein ohr, ringt nach luft,
öffnet sich, teilt sich mit.
was weiß ein mund.

hat sich getäuscht, ist dunkel,
hat gesucht und knirschend gefunden
etwas kaltes, dunkles,
hat sich verschlossen.

ufer

am andern ufer, im grauen morgen
entscheidet sich wer ich bin
in einem rauch.

ich rieche den hanf hier, den teer,
das verwitterte holz.
anderswo sind die andern.

der bootssteg zittert,
aber die schritte
tragen nicht weit.

es ist wenig zu sehen.

draußen im wasser treibt etwas,
etwas bleiches treibt ab.
rümpfe von bäumen, von kähnen,
von männern.

ruf nur, sage ich, ruf
mit deiner bleichen stimme,
die worte tragen nicht weit
in einem rauch.

am andern ufer,
immer am andern ufer
entscheidet sich was das ist:
dieser hanf, dies holz,
dieser verwitterte schrei.

gibt es ein anderes ufer?

nichts überhole ich.
nichts holt mich über.
nichts entscheidet sich hier.
hier herrscht eine große ruhe.

es ist wenig zu sehen.

langsam trocknet der hanf
in einem rauch.

der andere

einer lacht
kümmert sich
hält mein gesicht mit haut und haar unter den himmel
läßt wörter rollen aus meinem mund
einer der geld und angst und einen paß hat
einer der streitet und liebt
einer rührt sich
einer zappelt

aber nicht ich
ich bin der andere
der nicht lacht
der kein gesicht unter dem himmel hat
und keine wörter in seinem mund
der unbekannt ist mit sich und mit mir
nicht ich: der andere: immer der andere
der nicht siegt noch besiegt wird
der sich nicht kümmert
der sich nicht rührt

der andere
der sich gleichgültig ist
von dem ich nicht weiß
von dem niemand weiß wer er ist
der mich nicht rührt
das bin ich

rädelsführer

etwas woran man sich halten kann,
zum beispiel stacheldraht.
etwas unvergängliches,
meinetwegen auf stelzen.
ja wer das hätte,
eine stütze.

oder wenigstens im kopf
eine heile welt,
sagen wir: drei pfund zement.

was wollt ihr, ich bin geständig.
unter meinen haaren
will es nicht hart werden.

unter der wolle getarnt
mein konspirativer apparat:
todfeind all dessen,
was uns heilig zu sein hat
und basta.

zehn hoch zehn zellen:
wenn das nicht hochverrat ist!

zu meiner verteidigung
habe ich nichts zu sagen.

bibliographie

dies ist für dich geschrieben.
windungen unter der rinde,
zitterschrift hinter den schläfen,
ameisenwege.

das ist keine kunst.

gedruckte schaltung,
kommunismus
der polypeptide,
elektronische schlüsselblumen,
lerchen, programmgesteuert.

nimm und lies,
alter selbstmörder.

genetische manifeste,
permutationen, triller.
jeder kristall ein chef d'oeuvre.
libellenaugen zu konstruieren
ist keine kunst,
aber weltreiche sind simpler gebaut.

diese brennessel
könnte von proust sein:
feedback-system zweiten grades,
ultrastabil.

bis dir das buch in die hand kommt,
ist es zum lesen
vielleicht schon zu dunkel.

ob die libellen
ohne uns auskommen werden,
wissen wir nicht.
es ist anzunehmen.

wirf das buch fort
und lies.

carceri d'invenzione

diese gewölbe
dunkel hell dunkel

blitze ohne himmel
strahlen ohne gestirn
weder tag noch nacht

diese gewölbe
vernünftig und rätselhaft

diese höhlen und gruben
beherbergen uns
diese spalten und galerien
verbergen uns
diese balken und brücken
führen uns in die irre

vor diesen werkzeugen
die uns übertreffen
erscheinen wir
winzig und stumm
schlaflose träumer
gefangene
nicht besiegte

diese verliese
in denen es wimmelt
in denen eine verlassenheit herrscht

diese geträumten gewölbe
grenzenlos dunkel
grenzenlos hell
grenzenlos

undurchdringlich
sind
unsre träumenden häupter

auf das grab eines friedlichen mannes

dieser da war kein menschenfreund,
mied versammlungen, kaufhäuser, arenen.
seinesgleichen fleisch aß er nicht.

auf den straßen ging die gewalt
lächelnd, nicht nackt.
aber es waren schreie am himmel.

die gesichter der leute waren nicht deutlich.
sie schienen zertrümmert,
noch ehe der schlag gefallen war.

eines, um das er zeitlebens gekämpft hat,
mit wörtern und zähnen, ingrimmig,
hinterlistig, auf eigene faust:

das ding, das er seine ruhe nannte
da er es hat, nun ist kein mund mehr
an seinem gebein, es zu schmecken.

blindenschrift

freizeit

rasenmäher, sonntag
der die sekunden köpft
und das gras.

gras wächst
über das tote gras
das über die toten gewachsen ist.

wer das hören könnt!

der mäher dröhnt,
überdröhnt
das schreiende gras.

die freizeit mästet sich.
wir beißen geduldig
ins frische gras.

middle class blues

wir können nicht klagen.
wir haben zu tun.
wir sind satt.
wir essen.

das gras wächst,
das sozialprodukt,
der fingernagel,
die vergangenheit.

die straßen sind leer.
die abschlüsse sind perfekt.
die sirenen schweigen.
das geht vorüber.

die toten haben ihr testament gemacht.
der regen hat nachgelassen.
der krieg ist noch nicht erklärt.
das hat keine eile.

wir essen das gras.
wir essen das sozialprodukt.
wir essen die fingernägel.
wir essen die vergangenheit.

wir haben nichts zu verheimlichen.
wir haben nichts zu versäumen.
wir haben nichts zu sagen.
wir haben.

die uhr ist aufgezogen.
die verhältnisse sind geordnet.
die teller sind abgespült.
der letzte autobus fährt vorbei.

er ist leer.

wir können nicht klagen.

worauf warten wir noch?

bildnis eines spitzels

im supermarkt lehnt er
unter der plastiksonne,
die weißen flecken in seinem gesicht
sind wut, nicht schwindsucht,
hundert schachteln knuspi-knackers
(weil sie so herzhaft sind)
zündet er mit den augen an,
ein stück margarine
(die gleiche marke wie ich:
goldlux, weil sie so lecker ist)
nimmt er in seine feuchte hand
und zerdrückt sie zu saft.

er ist neunundzwanzig,
hat sinn für das höhere,
schläft schlecht und allein
mit broschüren und mitessern,
haßt den chef und den supermarkt,
die kommunisten, die weiber,
die hausbesitzer, sich selbst
und seine zerbissenen fingernägel
voll margarine *(weil sie
so lecker ist)*, brabbelt
unter der künstlerfrisur
vor sich hin wie ein greis.

der
wird es nie zu was bringen.
schnittler, glaube ich, heißt er,
schnittler, hittler, oder so ähnlich.

purgatorio

wehe die erde ist winzig auf den broschüren
zur snackbar watscheln entwicklungshelfer
eingewickelt in reiseschecks
die quarantäneflagge ist aufgezogen

herr albert schweitzer
wird zur transit-auskunft gebeten

ausgebuchte buchhalter rudern
durch gläserne korridore
zum jüngsten gericht
letzter abruf nach nagasaki

herr adolf eichmann
wird zur transit-auskunft gebeten

die welt ist wegen nebels geschlossen
auf tretrollern fahren bräute vor
in wehenden totenhemden
die maschine ist startbereit

monsieur godot
wird zur transit-auskunft gebeten

ausgang b position zweiunddreißig
die nylonstimme ruft weh über uns
leichenzüge fluten über die pisten
in der dunkelheit flammen sirenen

zweifel

bleibt es, im großen und ganzen, unentschieden
auf immer und immer, das zeitliche spiel
mit den weißen und schwarzen würfeln?
bleibt es dabei: wenig verlorene sieger,
viele verlorne verlierer?

ja, sagen meine feinde.

ich sage: fast alles, was ich sehe,
könnte anders sein. aber um welchen preis?
die spuren des fortschritts sind blutig.
sind es die spuren des fortschritts?
meine wünsche sind einfach.
einfach unerfüllbar?

ja, sagen meine feinde.

die sekretärinnen sind am leben.
die müllkutscher wissen von nichts.
die forscher gehen ihren forschungen nach.
die esser essen. gut so.

indessen frage ich mich:
ist morgen auch noch ein tag?
ist dies bett eine bahre?
hat einer recht, oder nicht?

ist es erlaubt, auch an den zweifeln zu zweifeln?

nein, euern ratschlag, mich aufzuhängen,
so gut er gemeint ist, ich werde ihn nicht befolgen.
morgen ist auch noch ein tag (wirklich?),
die augen aufzuschlagen und zu erblicken:
etwas gutes, zu sagen: ich habe unrecht behalten.

süßer tag, an dem das selbstverständliche
sich von selber versteht, im großen und ganzen!
was für ein triumph, kassandra,
eine zukunft zu schmecken, die dich widerlegte!
etwas neues, das gut wäre.
(das gute alte kennen wir schon ...)

ich höre aufmerksam meinen feinden zu.
wer sind meine feinde?
die schwarzen nennen mich weiß,
die weißen nennen mich schwarz.
das höre ich gern. es könnte bedeuten:
ich bin auf dem richtigen weg.
(gibt es einen richtigen weg?)

ich beklage mich nicht. ich beklage die,
denen mein zweifel gleichgültig ist.
die haben andere sorgen.

meine feinde setzen mich in erstaunen.
sie meinen es gut mit mir.
dem wäre alles verziehen, der sich abfände
mit sich und mit ihnen.

ein wenig vergeßlichkeit macht schon beliebt.
ein einziges amen,
gleichgültig auf welches credo,
und ich säße gemütlich bei ihnen
und könnte das zeitliche segnen,
mich aufhängen, im großen und ganzen,
getrost, und versöhnt, ohne zweifel,
mit aller welt.

gerücht

ein altes gerücht kommt auf,
ein altes gerücht geht und sagt:
dies alles sei längst zu ende.
ach wenn es sonst nichts ist!

das wissen wir schon.

aber woher denn dann
erscheint am morgen
in ihrem braunen glas
auf der türschwelle frisch
und pünktlich die buttermilch?

es fällt frisches wasser
auf uns vom himmel herunter,
es taucht etwas schreiendes
frisch aus den frauen auf
mit zartem wildem gehirn,
es nimmt der ihn gestern nahm
auch heute den achtuhrzug.

wie ist das zu erklären?

die kühe kalben und albern
kalbern die kälber. sogar
ihren geburtstag feiern
manche noch, schamlos.

als wäre nichts geschehen
erscheint täglich neu
unser rührender schmutziger
knallharter frommer roman.
fortsetzung folgt, und kein ende.

aber woher denn!

aber woher denn dann
erscheint am morgen
auf der türschwelle frisch
und pünktlich das alte gerücht?

prähistorie

ob wir uns selber ans licht
fördern, oder wonach denn sonst
scharren wir, scharren wir, scharren
in dieser grube?

hier eine hand, dort einen wirbel,
und ab und zu einen scherben
von unserm eigenen, eigenhändig
gespaltnen uralten schädel.

unverdrossen schürfen wir
nach dem wesen des grundes:
vor ort omnivore gebisse,
mumien, massengräber.

die neuesten faustkeile: allerhand!
hier hatte kein affe die hand im spiel,
das war der mensch,
das weltwunder, das fossil.

unter glas gesetzt und ins heimatmuseum,
schildchen gemalt mit roter tinte,
damit jedes kind erfährt,
wer wir sind.

unsre kenntnisse nehmen zu
von einer eiszeit zur andern.
erdschichten, bewußtseinsschichten:
jeder sein eigenes *missing link*.

ob wir hier sicher sind?
ob wir uns auf den grund kommen
in grund und boden,
ob wir hier unser ende finden?

oder geht es noch tiefer?
kein bunker ist dunkel genug,
immer noch stoßen wir
auf unseresgleichen.

ob wir uns ausgraben,
ob wir uns verscharren,
ob wir begraben unter uns
die lebendigen und die toten.

doomsday

denkbar immerhin
wenn auch nicht glaublich
daß es ausbliebe
das vorgesehne verrecken
daß der frieden über uns käme
im ernst
sanftmütig
unerbittlich

erbleichend erbrächen wir den brief
mit der nachricht:
schrottreif
die glorreichen werke
umsonst geschält
auf den kongressen
die dürren äpfel: spieltheorie
wahrscheinlichkeitsrechnung

vergebens geblickt
auf das letzthinnige
und unser gerät
das unfehlbare
vor seinen opfern zunichte
die erbauer hilflos
ausgeliefert ihrer vernunft
lebenslänglich

verurteilt uns zu verstellen
ganz als wären wir menschen
denkbar immerhin
wenn auch nicht glaublich:
die katastrophe wäre da
wenn über uns käme die nachricht
daß sie ausbleiben wird
für immer

verloren wären wir:
wir stünden am anfang

blindenschrift

lochstreifen flattern vom himmel
es schneit elektronen-braille
aus allen wolken
fallen digitale propheten

mit verbundenen augen
tastet belsazer
die flimmernde wand ab:
mit händen zu greifen

immer dasselbe programm:
meneh tekel
meneh meneh tekel
meneh tekel

gezeichnet:
unleserlich

nimm die binde ab
könig mensch und lies
unter der blinden schrift
deinen eigenen namen

countdown

hundert klafter tief in der erde
hundert faden tief im meer
zählt jener dort unsre sekunden
von zehn bis null.

meine pfeife brennt eine halbe stunde
wenn sie nicht ausgeht.
mein kopf ist noch gut
für ungefähr dreißig jahre.
der nagel den ich in die wand schlage
hält doppelt so lang.
was ich hier schreibe vergilbt
wenn es nicht feuer fängt
ungelesen, vielleicht erst
in sehr fernen zeiten.
die steinerne schwelle
verwittert nicht leicht.

länger als alles (abgesehen
vom meer, von der erde, vom moos
und gewissen himmelserscheinungen)
am längsten dauert der mensch:

solang
bis jener dort in der tiefe
unsre sekunden gezählt hat
von zehn bis null.

nänie auf den apfel

hier lag der apfel
hier stand der tisch
das war das haus
das war die stadt
hier ruht das land.

dieser apfel dort
ist die erde
ein schönes gestirn
auf dem es äpfel gab
und esser von äpfeln.

nänie auf die liebe

dies haarige zeichen
auf der abortwand
wer erriete daraus
die lieder die tränen
die gewitter der lust
die tausend und eine nacht
in der das geschlecht der menschen
wie ein meerleuchten
sich verzehrt hat
bewahrt
und vergessen

von gezeugten
und ungezeugten
zeugt nichts hier
als dies haarige zeichen
eingeritzt
in die verkohlte abortwand

weiterung

wer soll da noch auftauchen aus der flut,
wenn wir darin untergehen?

noch ein paar fortschritte,
und wir werden weitersehen.

wer soll da unsrer gedenken
mit nachsicht?

das wird sich finden,
wenn es erst soweit ist.

und so fortan
bis auf weiteres

und ohne weiteres
so weiter und so

weiter nichts

keine nachgeborenen
keine nachsicht

nichts weiter

die verschwundenen

für nelly sachs

nicht die erde hat sie verschluckt. war es die luft?
wie der sand sind sie zahlreich, doch nicht zu sand
sind sie geworden, sondern zu nichte. in scharen
sind sie vergessen. häufig und hand in hand,

wie die minuten. mehr als wir,
doch ohne andenken. nicht verzeichnet,
nicht abzulesen im staub, sondern verschwunden
sind ihre namen, löffel und sohlen.

sie reuen uns nicht. es kann sich niemand
auf sie besinnen: sind sie geboren,
geflohen, gestorben? vermißt
sind sie nicht worden. lückenlos
ist die welt, doch zusammengehalten
von dem was sie nicht behaust,
von den verschwundenen. sie sind überall.

ohne die abwesenden wäre nichts da.
ohne die flüchtigen wäre nichts fest.
ohne die vergessenen nichts gewiß.

die verschwundenen sind gerecht.
so verschallen wir auch.

leuchtfeuer

historischer prozeß

die bucht ist zugefroren.
die fischkutter liegen fest.
das besagt nichts.
du bist frei.
du kannst dich hinstrecken.
du kannst wieder aufstehen.
es ist nicht schade um deinen namen.
du kannst verschwinden
und wiederkommen.
das ist möglich.
auch wenn einer stirbt
kommen noch briefe für ihn.
es ist nicht viel zu vereiteln.
du kannst schlafen.
das ist möglich.
über nacht wird der eisbrecher da sein.
dann laufen die kutter aus.
die fahrtrinne ist schmal.
über nacht friert sie wieder zu.
das besagt nichts.
es ist nicht schade um deinen namen.

hurtigrute

i

ich schlage die augen auf und sehe
diesen rauchsalon
im halberblindeten spiegel
endlos verlängert, leer,
viktorianisch und absolut.

scheinbar schlingert er,
stampft auf der stelle,
abgetrennt von seinen ursachen
und seinen zielen.

keine kimm auszumachen,
kein küstenfeuer, scheinbar
ohnmächtig ist der kalender.
auf dem verregneten radarschirm
erscheint
nichts.

ii

ich schlage die augen auf und sehe
diesen nördlichen hafen
im glasklaren bullaug
wimmelnd verkürzt,
frisch gestrichen und relativ.

scheinbar bewegt er sich,
gleitet vorwärts,
gefangen von seinen ursachen
und seinen zielen.

hell nass funkelnd die ölfässer,
die winden und poller.
scheinbar mächtig
auf dem erregten kai
erscheint
der mensch.

iii
was hier vorgeht,
nach heringen riecht,
ist die geschichte,
die alte geschichte.

zitternd begegnet der rumpf
dem jahrhundert, ich spür es
in meiner koje
am federleichten stoß
gegen den fender.

schwierige arbeit

für theodor w. adorno

im namen der andern
geduldig
im namen der andern die nichts davon wissen
geduldig
im namen der andern die nichts davon wissen wollen
geduldig
festhalten den schmerz der negation

eingedenk der ertrunkenen in den vorortzügen um fünf uhr früh
geduldig
ausfalten das schweißtuch der theorie

angesichts der amokläufer in den kaufhallen um fünf uhr nachmittags
geduldig
jeden gedanken wenden der seine rückseite verbirgt

aug in aug mit den totbetern zu jeder stunde des tages
geduldig
vorzeigen die verbarrikadierte zukunft

tür an tür mit dem abschirmdienst zu jeder stunde
der nacht
geduldig
bloßstellen den rüstigen kollaps

ungeduldig
im namen der zufriedenen
verzweifeln

geduldig
im namen der verzweifelten
an der verzweiflung zweifeln

ungeduldig geduldig
im namen der unbelehrbaren
lehren

karl heinrich marx

riesiger großvater
jahvebärtig
auf braunen daguerreotypien
ich seh dein gesicht
in der schlohweißen aura
selbstherrlich   streitbar
und die papiere im vertiko:
metzgersrechnungen
inauguraladressen
steckbriefe

deinen massigen leib
seh ich im fahndungsbuch
riesiger hochverräter
displaced person
in bratenrock und plastron
schwindsüchtig   schlaflos
die galle verbrannt
von schweren zigarren
salzgurken   laudanum
und likör

ich seh dein haus
in der rue d'alliance
dean street   grafton terrace
riesiger bourgeois
haustyrann
in zerschlissnen pantoffeln:

ruß und »ökonomische scheiße«
pfandleihen »wie gewöhnlich«
kindersärge
hintertreppengeschichten

keine mitrailleuse
in deiner prophetenhand:
ich seh sie ruhig
im british museum
unter der grünen lampe
mit fürchterlicher geduld
dein eigenes haus zerbrechen
riesiger gründer
andern häusern zuliebe
in denen du nimmer erwacht bist

riesiger zaddik
ich seh dich verraten
von deinen anhängern:
nur deine feinde
sind dir geblieben:
ich seh dein gesicht
auf dem letzten bild
vom april zweiundachtzig:
eine eiserne maske:
die eiserne maske der freiheit

die windsbraut

sie schlägt die türen zu
sie reißt die türen auf
sie wirft dir sand in die augen
ihr haar ist dunkel wie die vernunft

sie stöhnt und ist taub
gegen dein stöhnen
sie ist ein atem der atem raubt
und atem schenkt

sie kommt mit staubwolken auf der stirn
und zerfetzt die fahnen
alte zeitungen neue
jagt sie über den roten platz

sie wälzt ruß und gift vor sich her
sie reißt dir das wort aus dem mund
sie herzt dich und prüft deine lungen
sie zerrt und springt und schlägt um

sie ist schön
sie denkt auf biegen und brechen
sie umarmt die wurzeln und rauft sie aus
sie empfängt den flüchtigen samen

stämme dich gegen sie
und sie trägt dich
gib dich hin
und du fällst

sie weht
sie erhebt sich
sie wiegt dich
sie wirft dich

stämme dich auf ihre brust
nimm sie
sie trägt dich
sie trägt dich fort

erinnerung an die sechziger jahre

heiter mit liebe und arbeit
beschäftigt, furchtlos
beschäftigt mit unserer furcht,
ruhig mit unserer unruhe,
sorglos beschäftigt
mit unsern sorgen

entglitten wir,
flogen, landeten,
noch einmal waren die ufer offen.

ruhig waren die nördlichen abende
im juni, sorglos schlug die messinguhr
auf den inseln, leicht ging ein helles gelächter,
leicht gingen kleine schreie, leicht
ging eine junimusik durch die hellen zimmer
nachts, vergeßlich stand das hölzerne haus,
das gefriedete, in dem es nicht dunkel ward,
ruhig, ruhig lag das boot am steg, ruhig
gingen gespräche hin unter freunden,
ruhig entglitten die weißen stimmen,
als wäre da glück gewesen, ruhig
standen die bücher, die felsen, auf dem sims
stand der helle branntwein.

sorglos entglitten wir
der zeit des gleitens,
furchtlos also unwissend
ruhig also überflüssig
heiter also unbarmherzig:
also schwanden wir
aus jenen jahren.

die felsen dort,
unwissend furchtlos
überflüssig ruhig
unbarmherzig heiter:
die felsen sind noch am leben.

leuchtfeuer

i

dieses feuer beweist nichts,
es leuchtet, bedeutet:
dort ist ein feuer.
kennung: alle dreißig sekunden
drei blitze weiß. funkfeuer:
automatisch, kennung SR.
nebelhorn, elektronisch gesteuert:
alle neunzig sekunden ein stoß.

ii

fünfzig meter hoch über dem meer
das insektenauge,
so groß wie ein mensch:
fresnel-linsen und prismen,
vier millionen hefnerkerzen,
zwanzig seemeilen sicht,
auch bei dunst.

iii

dieser turm aus eisen ist rot,
und weiß, und rot.
diese schäre ist leer.
nur für feuermeister und lotsen
drei häuser, drei schuppen aus holz,
weiß, und rot, und weiß. post
einmal im monat, im luv
ein geborstner wacholder,
verkrüppelte stachelbeerstauden.

iv

weiter bedeutet es nichts.
weiter verheißt es nichts.
keine lösungen, keine erlösung.
das feuer dort leuchtet,
ist nichts als ein feuer,
bedeutet: dort ist ein feuer,
dort ist der ort wo das feuer ist,
dort wo das feuer ist ist der ort.

schattenwerk

flechtenkunde

i
daß die steine reden,
soll vorkommen.
aber die flechte?

ii
die flechte beschreibt sich,
schreibt sich ein, schreibt
in verschlüsselter schrift
ein weitschweifiges schweigen:
graphis scripta.

iii
sie ist der erde
langsamstes telegramm,
ein telegramm das nie ankommt:
überall ist es schon da,
auch in feuerland,
auch auf den gräbern.

iv
»wer das lesen könnt!«
leichter entziffert sich
der bart, der papyrus,
der schattenriß, das gehirn,
als diese trockene lunge.

v
sie kämpft um ihr leben
unbewaffnet
und kaum besieglich.
(ich seh es euch an:
ihr glaubt mir nicht
was ich sage.)

vi
niemals strauchelt die flechte.
ihre werke mißlingen nicht.
vergesellschaftet hat sie,
höre ich, ihre produktionsmittel,
die ehrwürdige kommunistin.

vii
in unsern verwirrungen
verlangt es mich oft
nach dem anblick der flechte.
man bringe mir einen berg,
und ich zeige euch was ich meine.

viii
isländisch moos, grauhaar,
wer hat dich verschleppt
in unsere hausapotheke?
gleichmütig stehst du uns bei
wenn wir blut spucken.

ix
worauf will dieser hinaus,
sagt ihr, mit seinen flechten?
soll er hungermoos essen!
wir haben keine zeit.

x
aber die flechte,
die flechte hat zeit.
diese tausendjährige da
zu euern füßen
hat barbarossas schuh
zertreten, doch sie
achtete seiner nicht.

xi
nicht von den ungeschlachten
schlachten der reiter
ist das färbermoos rot,
doch es war dabei.

xii
unblutige lunge, rostrot,
safran, korallen, orange,
persio, scharlach, orseille:
alles auf grauem grund,
auf dem grauen grund
von spitzbergen.

xiii
so haltbar sind unsere wahrheiten nicht.
zudeckt die flechte das tote holz,
die idole, den schotter, die lava,
überdauert kirchen und wracks.
das rentiermoos,
fast weiß, aber nicht ganz.

xiv
ich weiß nicht, wehrt sich der fels
gegen die flechte?
sie sprengt ihn nicht,
sie bewohnt ihn,
macht ihn bewohnbar.

xv
so wie es mit uns war war es nichts.
so wie es mit uns ist ist es nichts.
das versteht sich. so
wie es mit uns sein wird
wird es vortrefflich sein,
ganz ohne zweifel.

xvi
aber ihr glaubt mir ja nicht
was ich sage.
habt ihr immer noch nicht
euer gehirn, euern bart entziffert?

xvii
ach ja, die flechte,
beinahe
hätten wir sie vergessen.
lichtflechte, sonnenmoos,
seibeiuns,
großes gedächtnis.

xviii
vom manna träumen wir alle.
aber wer hat das manna gemacht?
das wissen die wenigsten.
es war die flechte.

xix
ich habe *vortrefflich* gesagt.
vorläufig allerdings
sind wir noch nicht soweit
wie die flechte.
das versteht sich.

xx
ich weiß nicht wie manna schmeckt.
aber es wird vortrefflich sein,
ganz ohne zweifel.

lachesis lapponica

hier ist es hell, am rostigen wasser, nirgendwo. hier,
das sind die grauweiden, das ist das graue gras,
das ist der düstere helle himmel, hier stehe ich.

(*das ist kein standpunkt,* sagt der vogel in meinem kopf.)

hier wo ich stehe, das weiße im wind sind die moordaunen,
sieh wie es flimmert. die leere lautlose wildnis hier ist die erde.

(¡viva! ruft der düstere vogel: *(¡viva fidel castro!)*

was hat castro damit zu schaffen! *(was hast du damit zu schaffen,*
mit dem wollgras, dem pfeifengras am düsteren wasser?)

nichts, ich habe nichts, vogel, hörst du? und kein vogel,
vogel, kräht nach mir. *(das ist wahr.)* laß mich in ruhe.
hier kämpfe ich nicht. (es wird ein brachvogel sein.)

dort ist norden, dort wo es dunkel wird, siehst du,
das moor wird sehr langsam dunkel. hier habe ich
nichts,
hier habe ich nichts zu tun. das weiße im norden
sind seine geister, die hellen geister des moores.

(das ist kein standpunkt, das sind keine geister,
das sind birken, schreit er, *hier ist nichts los.)*

das ist gut. ich kämpfe nicht. laß mich. ich warte.

mit der zeit, sehr langsam, schält sich die rinde,
(ich mache mir nichts daraus) und das weiße dort,
das weiße dort unter dem weißen, siehst du,
das will ich lesen. *(und hier,* sagt er, *die genaue zeit:*
dreiundzwanzig uhr fünfzig.) hier, im rosigen moos.

ich glaube an geister *(das gibts nicht!)* leer wild lautlos.
auch ich bin ein geist. auch dieser schreiende vogel da
in meinem lautlosen kopf. *(sag das nicht.)*

wir blicken beide nach norden. mitternacht. *(am times*
square
stehst du, toter, ich kenne dich, sehe dich wie du kaufst,
verkaufst und verkauft wirst, du bist es, auf dem
roten platz,
auf dem kurfürstendamm, und blickst auf deine
rostige uhr.)

(ein brachvogel wird es sein, oder ein regenpfeifer.
sag das nicht, schlag dir das aus dem kopf.)

ich schlag dir den kopf ab, vogel. *(es ist dein eigner.
¡viva fidel! lieber tot als rot! mach mal pause! ban
the bomb!
über alles in der welt!)* sag das nicht. *(das alles bist du,*
sagt der vogel, *stell dir das vor, du bist es gewesen, du
bist es.)*

wie meinst du das? (*allen ernstes,* sagt der vogel und
lacht.)
ein brachvogel kann nicht lachen. (*du bist es,* sagt er,
*der lacht. du wirst es bereuen. ich weiß, wer du bist,
totenkopf auf dem kurfürstendamm.*) im moor.

weiß, düster, grau. hier sind keine siege.
das sind die moordaunen, das sind die grauweiden,
das ist der helle vogel am düsteren himmel.

jetzt ist es mitternacht, jetzt springt die rinde,
(die genaue zeit:) es ist weiß, *(null uhr zwei)*
dort im rauch, wo es dunkel wird, ist es zu lesen,
das unbeschriebene blatt. die leere lautlose wildnis.
hier ist nichts los. *(sag das nicht.)* hier bin ich.
laß mich. *(sag das nicht.)* laß mich allein.

(bist du einverstanden, totenkopf, bist du tot?
ist es ein regenpfeifer? *wenn du nicht tot bist,*
worauf wartest du noch?) ich warte. ich warte.

es ist am äußersten rand dieser fläche, sumpfgras,
wollgras, pfeifengras, wo es schon düster ist, vogel,
(wie meinst du das?) siehst du? siehst du die weiße
schrift?

(feigling, sagt er, *machs gut. wir sprechen uns noch.)*
laß mich im unbeschriebenen. *(totenkopf.)*
sieh wie es flimmert. (und der düstere vogel
in meinem kopf sagt zu sich selber: *er schläft, also*
ist er einverstanden.)
aber ich schlafe nicht.

trigonometrischer punkt

i
ein paar winkeleisen
geteerte balken
ein wenig schotter.

dies ist kein scheiterhaufen
dies ist keine opferstätte
dies ist kein blutgerüst.

o normalnull normalnull
du friedlichste
aller gottheiten.

ii
wie deutlich die welt ist
im fadenkreuz
des theodoliten.

das kühle auge
der dosenlibelle:
ein winziger himmel.

iii
winkeleisen balken schotter
und rot weiß rot weiß rot
eine vergessene meßlatte.

hier ruhen grüne liebespaare
zwischen den eierschalen
und wilde katzen.

unterm laub verbirgt sich
ein toter partisan
aus dem nächsten krieg.

ich bin da wo ich bin.
ringsum, undeutlich,
sind böhmische dörfer.

mehrere elstern

i

über dem was der tag heranschleppt
mit hangen und würgen
vergesse ich nicht
meine elstern.

ii

beim frühstück sitzend
erkenne ich:
der krieg ist nicht ausgebrochen.
vor dem fenster erkenne ich
eine elster.

iii

elle m'agace l'agace.
gazza, rufe ich, *gazza*
wenn sie mich ärgert
und füttre sie, meine elster.

iv

»in der jugend lernet sie reden«
straka soroka urraca
»und ist alsdann geschwätzig«
schalaster hegester:
woher weiß die elster
ihre hundert namen?

v
wenn ich sie zählen will
schimpft sie
und straft mich lügen:
meine elster verwandelt sich
in einen schwarm von elstern.

vi
schackschawerack:
unentbehrlich
sind mir meine elstern,
sie lachen mich aus.

vii
das schwarz meiner elstern
ist violett, ihr violett
ist stahlblau,
ihr stahlblau ist schwarz.

viii
es ist kein verlaß auf euch,
elstern.
wie seid ihr mir überlegen.

ix
meine elstern
sind niemands elstern.
sie kümmern sich nicht
um die parole.

x
in den zwölf nächten geschossen
verkohlt und zu staub gerieben
heißen sie diakonissenpulver
und helfen gegen die fallsucht.

xi
meine elstern und ich:
nicht alles was man uns nachsagt
trifft zu.

xii
nicht nützlich sind meine elstern,
sie sind klug.
sie lassen sich nicht
von mir zähmen.

xiii
elstern, elstern,
mir könnt ihr nichts stehlen:
ich gebe euch was ich habe.

xiv

elstern, ihr seid meine zuversicht.
bei meinem leichenzug
werdet ihr lachen
schack schack
als wäre ich eine elster.

xv

mich, meine herren,
könnt ihr vielleicht widerlegen,
aber mehrere elstern im schnee
sind ein beweis.

kirschgarten im schnee

i

was einst baum war, stock, hecke, zaun:
unter gehn in der leeren schneeluft
diese winzigen spuren von tusche
wie ein wort auf der seite riesigem weiß:
weiß zeichnet dies geringfügig schöne geäst
in den weißen himmel sich, zartfingrig,
fast ohne andenken, fast nur noch frost,
kaum mehr zeitheimisch, kaum noch
oben und unten, unsichtig
die linie zwischen himmel und hügel,
sehr wenig weiß im weißen:
fast nichts –

ii

und doch ist da,
eh die seite, der ort, die minute
ganz weiß wird,
noch dies getümmel geringer farben
im kaum mehr deutlichen deutlich:
eine streitschar erbitterter tüpfel:
zink-, blei-, kreideweiß,
gips, milch, schlohweiß und schimmel:
jedes von jedem distinkt:
so vielstimmig, so genau
in hellen gesprenkelten haufen,
der todesjubel der spuren.

iii
zwischen fast nichts und nichts
wehrt sich und blüht weiß die kirsche.

windgriff

manche wörter
leicht
wie pappelsamen

steigen
vom wind gedreht
sinken

schwer zu fangen
tragen weit
wie pappelsamen

manche wörter
lockern die erde
später vielleicht

werfen sie einen schatten
einen schmalen schatten ab
vielleicht auch nicht

schattenbild

ich male den schnee.
ich male beharrlich
ich male lotrecht
mit einem großen pinsel
auf diese weiße seite
den schnee.

ich male die erde.
ich male den schatten
der erde, die nacht.
ich schlafe nicht.
ich male
die ganze nacht.

der schnee fällt
lotrecht, beharrlich
auf das was ich male.
ein großer schatten
fällt
auf mein schattenbild.

in diesen schatten
male ich
mit dem großen pinsel
der nacht
beharrlich
meinen winzigen schatten.

schattenreich

i
hier sehe ich noch einen platz,
einen freien platz,
hier im schatten.

ii
dieser schatten
ist nicht zu verkaufen.

iii
auch das meer
wirft vielleicht einen schatten,
auch die zeit.

iv
die kriege der schatten
sind spiele:
kein schatten
steht dem andern im licht.

v
wer im schatten wohnt,
ist schwer zu töten.

vi
für eine weile
trete ich aus meinem schatten,
für eine weile.

vii
wer das licht sehen will
wie es ist
muß zurückweichen
in den schatten.

viii
schatten
heller als diese sonne:
kühler schatten der freiheit.

ix
ganz im schatten
verschwindet mein schatten.

x
im schatten
ist immer noch platz.

schattenwerk

die schatten treten
in meinen schatten
die kämpfe von gestern
sind schattenkämpfe
die frauen von gestern
frauenschatten
der himmel ein schattenhimmel
von gestern
schatten sind meine jahre

nah freundlich mörderisch
früher
jetzt schattenhaft
hinter mir
die schreie von gestern geflüster
im windschatten
hinter mir die gesichter
schattenfarben

schatten sind meine nächte
nachtschatten
schatten sind meine werke

und ich bin ein schatten
den andere schatten
der zukunft entgegenwerfen
anderen nächten
andern gesichtern
neuen werken zu

schatten sind meine werke

noten

carceri d'invenzione
die *›imaginären gefängnisse‹*, eine folge von achtzehn radierungen, sind das hauptwerk des römischen künstlers giovanni battista piranesi (1720–1778).

doomsday
doomsday machine heißt im jargon der thermonuklearen scholastik ein gerät zur abschaffung allen lebens auf der erde.

lachesis lapponica
im jahr 1732 unternahm carl von linné eine expedition nach lappland. seine aufzeichnungen sind in england, unter dem titel *lachesis lapponica*, posthum veröffentlicht worden (1811); sie gelten als die klassische beschreibung dieser region. *lachesis*, die ›maßnehmende‹, ist eine der drei moiren. (hesiod, *theog.* 901 ff.)

hurtigrute
postschiff-linie an der norwegischen küste zwischen bergen und kirkenes.

karl heinrich marx
›ökonomische scheiße‹, und *›wie gewöhnlich‹:* aus den briefen an engels in den fünfziger und sechziger jahren.

flechtenkunde

graphis scripta: eine schriftflechte.

›wer das lesen könnt‹: aus büchners *woyzeck* in der szene beim doktor.

persio und *orseille* sind farbstoffe, die aus flechten gewonnen wurden.

manna: »die von den israeliten in der wüste genossene m. soll von einem in arabien und hauptsächlich am sinai häufigen strauche, *tamarix mannifera ehrbg.* (s. *tamarix*) stammen; doch ist es wahrscheinlicher, daß diese in der bibel erwähnte m. die in den wüstengegenden nordafrikas und kleinasiens häufige mannaflechte (s. *sphaerothallia*) war.« [brockhaus, vierzehnte auflage]

mehrere elstern

schalaster, hegester: mundartliche namen.

agace, gazza, straka, soroka, urraca: namen der elster in verschiedenen europäischen sprachen.

diakonissenpulver: ein hausmittel, das in deutschland bis zur jahrhundertwende gebraucht worden ist.

inhalt

Von Hans Magnus Enzensberger erschienen im Suhrkamp Verlag

verteidigung der wölfe. *gedichte* 1957
landessprache. *gedichte* 1960
Einzelheiten. *Essays* 1962
blindenschrift. *Gedichte* 1964
Politik und Verbrechen. *Essays* 1964
Das Verhör von Habana. *Szenische Dokumentation* 1970
Der kurze Sommer der Anarchie. Buenaventura Durrutis Leben und Tod. *Roman* 1972

in der edition suhrkamp

Gedichte. Die Entstehung eines Gedichts, 20
Einzelheiten I. Bewußtseins-Industrie, 63
Einzlheiten II. Poesie und Politik, 87
Deutschland, Deutschland unter anderem. Äußerungen zur Politik, 203
Blindenschrift. *Gedichte*, 217
Landessprache. *Gedichte*, 304
Das Verhör von Habana. *Szenische Dokumentation*, 533
Palaver. *Politische Überlegungen* (1967–1973), 696

in den suhrkamp taschenbüchern

Gedichte 1955–1970, 4
Freisprüche. Revolutionäre vor Gericht, 111

Hans Magnus Enzensberger als Herausgeber

Museum der modernen Poesie 1960
Allerleirauh. Viele schöne Kinderreime 1961
Freisprüche. Revolutionäre vor Gericht 1970

Hans Magnus Enzensberger liest Gedichte
Suhrkamp Sprechplatte

Über Hans Magnus Enzensberger
Herausgegeben von Joachim Schickel
edition suhrkamp 403

Von Hans Magnus Enzensberger sind in diesem Band abgedruckt: die *Rede vom Heizer Hieronymus*, der Aufsatz *Klare Entscheidungen und trübe Aussichten*, sein *Offener Brief an den Präsidenten der Wesleyan University*, die Antwort an *Peter Weiss und andere* und sein *Briefwechsel* mit Hannah Arendt über *Politik und Verbrechen*.
Der Band enthält Arbeiten über Hans Magnus Enzensberger von Alfred Andersch, Herbert Heckmann, Hans Egon Holthusen, Reinhold Grimm, Rudolf Krämer-Badoni, Peter Rühmkorf, Martin Walser, Paul Noack, Werner Weber, Peter Schneider, Madeleine Gustafsson, Dieter Schlenstedt, Reinhard Baumgart, Hellmuth Karasek, Hans-Albert Walter, Jürgen Habermas, Johannes Gross, Richard Schmid, Nicolò Pasero, Yaak Karsunke, Gunter Schäble, Gerd Fuchs, Christoph Funke, Peter Weiss, Peter Hamm und Karl Heinz Bohrer.
Es wird beschlossen durch eine umfangreiche *Bibliographie 1956 bis 1970* von Thomas Beckermann.

edition suhrkamp

897 Ralph-Rainer Wuthenow, Muse, Maske, Meduse
898 Cohen/Taylor, Ausbruchversuche. Identität und Widerstand
901 Der bürgerliche Rechtsstaat. Herausgegeben von Mehdi Tohidipur
902 Ernest Borneman, Psychoanalyse des Geldes
903 Steven Marcus, Umkehrung der Moral
904 Alfred Sohn-Rethel, Warenform und Denkform
905 Beiträge zur Soziologie der Gewerkschaften. Hrsg. von Joachim Bergmann
906 Brecht-Jahrbuch 1977
907 Horst Kern, Michael Schumann, Industriearbeit und Arbeiterbewußtsein
908 Julian Przybós, Werkzeug aus Licht
910 Peter Weiss, Stücke II
913 Martin Walser, Das Sauspiel mit Materialien. Herausgegeben von Werner Brändle
916 Dürkop/Hardtmann (Hrsg.), Frauen im Gefängnis
917 Bowles S./Gintis H., Pädagogik und die Widersprüche der Ökonomie
918 Klaus-Martin Groth, Die Krise der Staatsfinanzen
920 Tagträume vom aufrechten Gang. Sechs Interviews mit Ernst Bloch, Herausgegeben von Arno Münster
921 Silvia Bovenschen, Die imaginierte Weiblichkeit
922 Anderson, Von der Antike zum Feudalismus
923 Sozialdemokratische Arbeiterbewegung, Band 1, Herausgegeben von Wolfgang Luthardt
925 Friedensanalysen 6
927 Ausgewählte Gedichte Brechts, Herausgegeben von Walter Hinck
928 Betty Nance Weber, Brechts ›Kreidekreis‹
929 Auf Anregung Bertolt Brechts: Lehrstücke. Herausgegeben von Reiner Steinweg
930 Walter Benjamin, Briefe 1 und 2. Herausgegeben von Gershom Scholem und Theodor W. Adorno
932 Jugendarbeitslosigkeit. Herausgegeben von Gero Lenhardt
933 Ute Gerhard, Verhältnisse und Verhinderungen
934 Sozialdemokratische Arbeiterbewegung, Band 2, Herausgegeben von Wolfgang Luthardt
935 Literatur ist Utopie. Herausgegeben von Gert Ueding
936 Berger/Heßler/Kavemann, Brot für heute, Hunger für morgen
937 Labrousse, Lefebvre, Soboul u. a. Geburt der bürgerlichen Gesellschaft 1789. Herausgegeben von I. A. Hartig
938 Habermas, Bovenschen u. a., Gespräche mit Marcuse
939 Thomas Brasch, Rotter Und weiter
940 Simone Weil, Fabriktagebuch
941 Ute Volmerg, Identität und Arbeitserfahrung

942 Klaus Eßer, Lateinamerika
943 Gewerkschaften und Strafvollzug, Hrsg. v. Lüderssen u. a.
944 Alexander von Brünneck, Politische Justiz
945 Jacques Derrida, Die Stimme und das Phänomen
948 Thompson/Caspard/Puls; Alltagspraxis, Wahrnehmungsformen, Protestverhalten
949 Julia Kristeva, Die Revolution der poetischen Sprache
950 Perry Anderson, Die Entstehung des absolutistischen Staates
951 Grundrechte als Fundament der Demokratie, hrsg. von Joachim Perels
954 Elias/Lepenies, Zwei Reden. Theodor W. Adorno-Preis 1977
955 Friedensanalysen 7
956 Brecht-Jahrbuch 1978. Hrsg. Fuegi/Grimm/Hermand
957 Gesellschaft, Beiträge zur Marxschen Theorie 11
958 Friedensanalysen 8
959 Martin Walser, Wer ist ein Schriftsteller?
960 Albert Soboul, Französische Revolution und Volksbewegung
962 Bettelheim/Mészarós/Rossanda u. a., Zurückforderung der Zukunft
963 Starnberger Studien 2
964 Nach dem Protest. Literatur im Umbruch. Herausgegeben von W. Martin Lüdke
966 Kern, Kampf um Arbeitsbedingungen
967 Michail M. Bachtin, Die Ästhetik des Wortes, hrsg. von Rainer Grübel
968 Frauen, die pfeifen. Herausgegeben von R. Geiger, H. Holinka, C. Rosenkranz, S. Weigel
969 Ernst Bloch, Die Lehren von der Materie
970 Giuliano Scabia, Das große Theater des Marco Cavallo
971 Siegfried Kracauer, Jacques Offenbach
974 Jirí Kosta, Abriß der sozialökonomischen Entwicklung der Tschechoslowakei 1945-1977
975 Nathan, Ideologie, Sexualität und Neurose
976 Bernd Jürgen Warneken, Literarische Produktion
978 Klaus Mäding, Strafrecht und Massenerziehung in der VR China
979 Bertolt Brecht, Tagebücher 1920-1922
981 Jeanne Favret-Saada, Die Wörter, der Zauber, der Tod
983 Bassam Tibi, Internationale Politik und Entwicklungsländer-Forschung
984 Dieter Kühn, Löwenmusik
985 Agnes Schoch, Vorarbeiten zu einer pädagogischen Kommunikationstheorie
987 Augusto Boal, Theater der Unterdrückten
989 Brecht-Jahrbuch 1979
991 Ruggiero Romano u. a., Die Gleichzeitigkeit des Ungleichzeitigen
992 Naturalismus/Ästhetizismus. Herausgegeben von Bürger/Schutte-Sasse
993 Ginette Raimbault, Kinder sprechen vom Tod
996 Starnberger Studien 3
1000 Stichworte zur ›Geistigen Situation der Zeit‹ 1. Band, Nation und Republik; 2. Band, Politik und Kultur. Herausgegeben von Jürgen Habermas.

Alphabetisches Verzeichnis der edition suhrkamp